D1562346

GRATITUDE

JOURNAL

Gratitude

Gratitude is a feeling of appreciation for what one has. It is a feeling of thankfulness for the blessings we have received.

There is an exercise at the beginning of this journal to complete before starting your daily record of gratitude.

By keeping a record of your gratitude in a journal, you will store positive energy, gain clarity in your life, and have greater control of your thoughts and emotions.

Each day, write down three to five things that you are grateful for in this journal and turn ordinary moments into blessings.

O give thanks unto the LORD, for he is good:

For his mercy endureth for ever

People I am Grateful for:

_____

_____

_____

_____

_____

_____

_____

_____

_____

_____

Top 10 memorable events in my life that I am Grateful for:

1.

2.

3.

4.

5.

6.

7.

8.

9.

10.

People I have made a difference to and am Grateful for having had this opportunity:

_____

_____

_____

_____

_____

_____

_____

_____

_____

_____

Top 10 places I have visited and am Grateful for:

1. _____

2. _____

3. _____

4. _____

5. _____

6. _____

7. _____

8. _____

9. _____

10. _____

Things I have now which I am Grateful for:

_____

_____

_____

_____

_____

_____

_____

_____

_____

_____

Top 10 teachable moments from my past that I am now
Grateful for:

1. _____

2. _____

3. _____

4. _____

5. _____

6. _____

7. _____

8. _____

9. _____

10. _____

Day: .... Date...... /....... /..........

Today I am Grateful for:

_____

_____

_____

_____

_____

_____

_____

_____

Day: .... Date...... /....... /.............

Today I am Grateful for:

_____

_____

_____

_____

_____

_____

_____

Day: .... Date...... /....... /..........

Today I am Grateful for:

_____

_____

_____

_____

_____

_____

_____

_____

Day: .... Date...... /....... /............

Today I am Grateful for:

_____

_____

_____

_____

_____

_____

_____

_____

Day: .... Date...... /....... /..........

Today I am Grateful for:

_____

_____

_____

_____

_____

_____

_____

_____

_____

Day: .... Date...... /....... /.............

Today I am Grateful for:

_____

_____

_____

_____

_____

_____

_____

_____

Day: .... Date...... /....... /..........

Today I am Grateful for:

_____

_____

_____

_____

_____

_____

_____

_____

Day: .... Date...... /....... /.............

Today I am Grateful for:

_____

_____

_____

_____

_____

_____

_____

_____

Day: .... Date...... /....... /..........

Today I am Grateful for:

_____

_____

_____

_____

_____

_____

_____

_____

_____

Day: .... Date...... /....... /.............

Today I am Grateful for:

_____

_____

_____

_____

_____

_____

_____

_____

_____

Day: .... Date...... /....... /..........

Today I am Grateful for:

_____

_____

_____

_____

_____

_____

_____

_____

Day: .... Date...... /....... /..............

Today I am Grateful for:

_____

_____

_____

_____

_____

_____

_____

_____

Day: .... Date...... /....... /..........

Today I am Grateful for:

_____

_____

_____

_____

_____

_____

_____

_____

_____

Day: .... Date...... /....... /.............

Today I am Grateful for:

_____

_____

_____

_____

_____

_____

_____

_____

_____

Day: .... Date...... /....... /..........

Today I am Grateful for:

_____
_____
_____
_____
_____
_____
_____
_____

Day: .... Date...... /....... /.............

Today I am Grateful for:

_____
_____
_____
_____
_____
_____
_____
_____

Day: .... Date...... /....... /..........

Today I am Grateful for:

_____

_____

_____

_____

_____

_____

_____

_____

_____

Day: .... Date...... /....... /.............

Today I am Grateful for:

_____

_____

_____

_____

_____

_____

_____

_____

_____

Day: .... Date...... /....... /..........

Today I am Grateful for:

_____

_____

_____

_____

_____

_____

_____

_____

Day: .... Date...... /....... /.............

Today I am Grateful for:

_____

_____

_____

_____

_____

_____

_____

_____

Day: .... Date...... /....... /..........

Today I am Grateful for:

_____

_____

_____

_____

_____

_____

_____

_____

Day: .... Date...... /....... /.............

Today I am Grateful for:

_____

_____

_____

_____

_____

_____

_____

_____

Day: .... Date...... /....... /..........

Today I am Grateful for:

_____

_____

_____

_____

_____

_____

_____

_____

Day: .... Date...... /....... /.............

Today I am Grateful for:

_____

_____

_____

_____

_____

_____

_____

_____

Day: .... Date...... /....... /..........

Today I am Grateful for:

_____

_____

_____

_____

_____

_____

_____

_____

Day: .... Date...... /....... /..............

Today I am Grateful for:

_____

_____

_____

_____

_____

_____

_____

_____

Day: .... Date...... /....... /..........

Today I am Grateful for:

_____

_____

_____

_____

_____

_____

_____

_____

Day: .... Date...... /....... /.............

Today I am Grateful for:

_____

_____

_____

_____

_____

_____

_____

_____

Day: .... Date...... /....... /..........

Today I am Grateful for:

_____

_____

_____

_____

_____

_____

_____

_____

_____

Day: .... Date...... /....... /.............

Today I am Grateful for:

_____

_____

_____

_____

_____

_____

_____

_____

_____

Day: .... Date...... /....... /..........

Today I am Grateful for:

_____

_____

_____

_____

_____

_____

_____

_____

Day: .... Date...... /....... /.............

Today I am Grateful for:

_____

_____

_____

_____

_____

_____

_____

_____

Day: .... Date...... /....... /..........

Today I am Grateful for:

_____

_____

_____

_____

_____

_____

_____

_____

Day: .... Date...... /....... /.............

Today I am Grateful for:

_____

_____

_____

_____

_____

_____

_____

_____

Day: .... Date...... /....... /..........

Today I am Grateful for:

_____

_____

_____

_____

_____

_____

_____

_____

Day: .... Date...... /....... /.............

Today I am Grateful for:

_____

_____

_____

_____

_____

_____

_____

_____

Day: .... Date...... / .... / ....

Today I am Grateful for:

_____

_____

_____

_____

_____

_____

_____

_____

Day: .... Date...... / .... / ....

Today I am Grateful for:

_____

_____

_____

_____

_____

_____

_____

_____

Day: ………………………………… Date…… /……. /………

Today I am Grateful for:

_____

_____

_____

_____

_____

_____

_____

_____

Day: ………………………………… Date…… /……. /………….

Today I am Grateful for:

_____

_____

_____

_____

_____

_____

_____

_____

Day: .... Date...... /....... /..........

Today I am Grateful for:

_____

_____

_____

_____

_____

_____

_____

_____

_____

Day: .... Date...... /....... /............

Today I am Grateful for:

_____

_____

_____

_____

_____

_____

_____

_____

_____

_____

Day: .... Date...... /....... /..........

Today I am Grateful for:

_____

_____

_____

_____

_____

_____

_____

Day: .... Date...... /....... /............

Today I am Grateful for:

_____

_____

_____

_____

_____

_____

_____

Day: .... Date...... /....... /..........

Today I am Grateful for:

_____

_____

_____

_____

_____

_____

_____

_____

Day: .... Date...... /....... /.............

Today I am Grateful for:

_____

_____

_____

_____

_____

_____

_____

_____

Day: .... Date...... /....... /..........

Today I am Grateful for:

_____

_____

_____

_____

_____

_____

_____

_____

Day: .... Date...... /....... /.............

Today I am Grateful for:

_____

_____

_____

_____

_____

_____

_____

_____

Day: .... Date...... /....... /..........

Today I am Grateful for:

_____

_____

_____

_____

_____

_____

_____

_____

_____

Day: .... Date...... /....... /.............

Today I am Grateful for:

_____

_____

_____

_____

_____

_____

_____

_____

_____

Day: .... Date...... /....... /..........

Today I am Grateful for:

_____

_____

_____

_____

_____

_____

_____

_____

Day: .... Date...... /....... /.............

Today I am Grateful for:

_____

_____

_____

_____

_____

_____

_____

_____

Day: .... Date...... /....... /..........

Today I am Grateful for:

_____

_____

_____

_____

_____

_____

_____

_____

Day: .... Date...... /....... /.............

Today I am Grateful for:

_____

_____

_____

_____

_____

_____

_____

_____

_____

_____

Day: .... Date...... /....... /..........

Today I am Grateful for:

_____

_____

_____

_____

_____

_____

_____

_____

Day: .... Date...... /....... /............

Today I am Grateful for:

_____

_____

_____

_____

_____

_____

_____

_____

Day: .... Date...... /....... /..........

Today I am Grateful for:

_____

_____

_____

_____

_____

_____

_____

_____

Day: .... Date...... /....... /.............

Today I am Grateful for:

_____

_____

_____

_____

_____

_____

_____

_____

Day: .... Date...... /....... /..........

Today I am Grateful for:

_____

_____

_____

_____

_____

_____

_____

_____

Day: .... Date...... /....... /.............

Today I am Grateful for:

_____

_____

_____

_____

_____

_____

_____

_____

Day: .... Date...... /....... /..........

Today I am Grateful for:

_____

_____

_____

_____

_____

_____

_____

_____

Day: .... Date...... /....... /.............

Today I am Grateful for:

_____

_____

_____

_____

_____

_____

_____

_____

_____

Day: .... Date...... /....... /..........

Today I am Grateful for:

_____

_____

_____

_____

_____

_____

_____

_____

Day: .... Date...... /....... /.............

Today I am Grateful for:

_____

_____

_____

_____

_____

_____

_____

_____

Day: .... Date...... /....... /..........

Today I am Grateful for:

_____

_____

_____

_____

_____

_____

_____

_____

_____

Day: .... Date...... /....... /.............

Today I am Grateful for:

_____

_____

_____

_____

_____

_____

_____

_____

_____

Day: .... Date...... /....... /..........

Today I am Grateful for:

_____

_____

_____

_____

_____

_____

_____

_____

Day: .... Date...... /....... /.............

Today I am Grateful for:

_____

_____

_____

_____

_____

_____

_____

_____

Day: .... Date...... /....... /..........

Today I am Grateful for:

_____

_____

_____

_____

_____

_____

_____

_____

_____

Day: .... Date...... /....... /.............

Today I am Grateful for:

_____

_____

_____

_____

_____

_____

_____

_____

_____

Day: .... Date...... /....... /..........

Today I am Grateful for:

_____

_____

_____

_____

_____

_____

_____

_____

Day: .... Date...... /....... /.............

Today I am Grateful for:

_____

_____

_____

_____

_____

_____

_____

_____

Day: .... Date...... /....... /..........

Today I am Grateful for:

_____

_____

_____

_____

_____

_____

_____

_____

_____

_____

Day: .... Date...... /....... /.............

Today I am Grateful for:

_____

_____

_____

_____

_____

_____

_____

_____

_____

_____

Day: ………………………………… Date…… /……. /……….

Today I am Grateful for:

_____

_____

_____

_____

_____

_____

_____

_____

Day: ………………………………… Date…… /……. /………….

Today I am Grateful for:

_____

_____

_____

_____

_____

_____

_____

_____

Day: .... Date...... /....... /..........

Today I am Grateful for:

_____

_____

_____

_____

_____

_____

_____

_____

Day: .... Date...... /....... /.............

Today I am Grateful for:

_____

_____

_____

_____

_____

_____

_____

_____

Day: .... Date...... /....... /..........

Today I am Grateful for:

_____

_____

_____

_____

_____

_____

_____

_____

Day: .... Date...... /....... /.............

Today I am Grateful for:

_____

_____

_____

_____

_____

_____

_____

_____

Day: .... Date...... /....... /..........

Today I am Grateful for:

_____

_____

_____

_____

_____

_____

_____

_____

Day: .... Date...... /....... /..............

Today I am Grateful for:

_____

_____

_____

_____

_____

_____

_____

_____

Day: .... Date...... /....... /..........

Today I am Grateful for:

_____

_____

_____

_____

_____

_____

_____

_____

Day: .... Date...... /....... /.............

Today I am Grateful for:

_____

_____

_____

_____

_____

_____

_____

_____

Day: .... Date...... /....... /..........

Today I am Grateful for:

_____

_____

_____

_____

_____

_____

_____

_____

Day: .... Date...... /....... /.............

Today I am Grateful for:

_____

_____

_____

_____

_____

_____

_____

_____

Day: .... Date...... /....... /..........

Today I am Grateful for:

_____

_____

_____

_____

_____

_____

_____

_____

_____

Day: .... Date...... /....... /.............

Today I am Grateful for:

_____

_____

_____

_____

_____

_____

_____

_____

_____

Day: .... Date...... /....... /..........

Today I am Grateful for:

_____

_____

_____

_____

_____

_____

_____

_____

Day: .... Date...... /....... /.............

Today I am Grateful for:

_____

_____

_____

_____

_____

_____

_____

_____

Day: .... Date...... /....... /..........

Today I am Grateful for:

_____

_____

_____

_____

_____

_____

_____

_____

Day: .... Date...... /....... /.............

Today I am Grateful for:

_____

_____

_____

_____

_____

_____

_____

_____

Day: .... Date...... /....... /..........

Today I am Grateful for:

_____

_____

_____

_____

_____

_____

_____

_____

Day: .... Date...... /....... /.............

Today I am Grateful for:

_____

_____

_____

_____

_____

_____

_____

_____

Day: .... Date...... /....... /...........

Today I am Grateful for:

_____

_____

_____

_____

_____

_____

_____

_____

_____

Day: .... Date...... /....... /.............

Today I am Grateful for:

_____

_____

_____

_____

_____

_____

_____

_____

_____

Day: .... Date...... /....... /..........

Today I am Grateful for:

_____

_____

_____

_____

_____

_____

_____

_____

Day: .... Date...... /....... /.............

Today I am Grateful for:

_____

_____

_____

_____

_____

_____

_____

_____

_____

Day: .... Date...... /....... /..........

Today I am Grateful for:

_____

_____

_____

_____

_____

_____

_____

_____

Day: .... Date...... /....... /.............

Today I am Grateful for:

_____

_____

_____

_____

_____

_____

_____

_____

Day: .... Date...... /....... /..........

Today I am Grateful for:

_____

_____

_____

_____

_____

_____

_____

_____

Day: .... Date...... /....... /.............

Today I am Grateful for:

_____

_____

_____

_____

_____

_____

_____

_____

Day: .... Date...... /....... /..........

Today I am Grateful for:

_____

_____

_____

_____

_____

_____

_____

_____

Day: .... Date...... /....... /.............

Today I am Grateful for:

_____

_____

_____

_____

_____

_____

_____

_____

Day: .... Date...... /....... /..........

Today I am Grateful for:

_____

_____

_____

_____

_____

_____

_____

_____

Day: .... Date...... /....... /.............

Today I am Grateful for:

_____

_____

_____

_____

_____

_____

_____

_____

Day: .... Date...... /....... /..........

Today I am Grateful for:

_____

_____

_____

_____

_____

_____

_____

_____

Day: .... Date...... /....... /.............

Today I am Grateful for:

_____

_____

_____

_____

_____

_____

_____

_____

ay: .... Date...... /....... /..........

oday I am Grateful for:

_____

_____

_____

_____

_____

_____

_____

_____

ay: .... Date...... /....... /.............

oday I am Grateful for:

_____

_____

_____

_____

_____

_____

_____

_____

Day: .... Date...... /....... /..........

Today I am Grateful for:

_____

_____

_____

_____

_____

_____

_____

Day: .... Date...... /....... /.............

Today I am Grateful for:

_____

_____

_____

_____

_____

_____

_____

Day: .... Date...... /....... /..........

Today I am Grateful for:

_____

_____

_____

_____

_____

_____

_____

_____

_____

Day: .... Date...... /....... /..............

Today I am Grateful for:

_____

_____

_____

_____

_____

_____

_____

_____

_____

Day: .... Date...... /....... /..........

Today I am Grateful for:

_____

_____

_____

_____

_____

_____

_____

Day: .... Date...... /....... /............

Today I am Grateful for:

_____

_____

_____

_____

_____

_____

_____

ay: .... Date...... /....... /..........

oday I am Grateful for:

_____

_____

_____

_____

_____

_____

_____

_____

_____

ay: .... Date...... /....... /.............

oday I am Grateful for:

_____

_____

_____

_____

_____

_____

_____

_____

_____

Day: ………………………………… Date…… /……. /……….

Today I am Grateful for:

_____

_____

_____

_____

_____

_____

_____

_____

Day: ………………………………… Date…… /……. /………….

Today I am Grateful for:

_____

_____

_____

_____

_____

_____

_____

_____

Day: .... Date...... /....... /..........

Today I am Grateful for:

_____

_____

_____

_____

_____

_____

_____

_____

Day: .... Date...... /....... /.............

Today I am Grateful for:

_____

_____

_____

_____

_____

_____

_____

_____

Day: .... Date...... /....... /..........

Today I am Grateful for:

_____

_____

_____

_____

_____

_____

_____

_____

Day: .... Date...... /....... /.............

Today I am Grateful for:

_____

_____

_____

_____

_____

_____

_____

_____

ay: .... Date...... /....... /..........

Today I am Grateful for:

ay: .... Date...... /....... /.............

Today I am Grateful for:

Day: .... Date...... /....... /..........

Today I am Grateful for:

_____

_____

_____

_____

_____

_____

_____

_____

_____

Day: .... Date...... /....... /.............

Today I am Grateful for:

_____

_____

_____

_____

_____

_____

_____

_____

_____

Day: .... Date...... /....... /..........

Today I am Grateful for:

_____

_____

_____

_____

_____

_____

_____

_____

Day: .... Date...... /....... /.............

Today I am Grateful for:

_____

_____

_____

_____

_____

_____

_____

_____

Day: .... Date...... /....... /..........

Today I am Grateful for:

_____

_____

_____

_____

_____

_____

_____

_____

Day: .... Date...... /....... /............

Today I am Grateful for:

_____

_____

_____

_____

_____

_____

_____

_____

ay: .... Date...... /....... /..........

oday I am Grateful for:

_____

_____

_____

_____

_____

_____

_____

_____

ay: .... Date...... /....... /.............

oday I am Grateful for:

_____

_____

_____

_____

_____

_____

_____

_____

Day: .... Date...... /....... /..........

Today I am Grateful for:

_____

_____

_____

_____

_____

_____

_____

_____

Day: .... Date...... /....... /.............

Today I am Grateful for:

_____

_____

_____

_____

_____

_____

_____

_____

ay: .... Date...... /....... /..........

oday I am Grateful for:

_____

_____

_____

_____

_____

_____

_____

_____

ay: .... Date...... /....... /.............

oday I am Grateful for:

_____

_____

_____

_____

_____

_____

_____

_____

Day: .... Date...... /....... /..........

Today I am Grateful for:

_____

_____

_____

_____

_____

_____

_____

_____

Day: .... Date...... /....... /.............

Today I am Grateful for:

_____

_____

_____

_____

_____

_____

_____

_____

ay: .... Date...... / .... / ....

oday I am Grateful for:

_____

_____

_____

_____

_____

_____

_____

_____

ay: .... Date...... / .... / ....

oday I am Grateful for:

_____

_____

_____

_____

_____

_____

_____

_____

Day: .... Date...... /....... /..........

Today I am Grateful for:

_____

_____

_____

_____

_____

_____

_____

_____

Day: .... Date...... /....... /.............

Today I am Grateful for:

_____

_____

_____

_____

_____

_____

_____

_____

Day: .... Date....... /....... /..........

Today I am Grateful for:

_____

_____

_____

_____

_____

_____

_____

_____

Day: .... Date....... /....... /............

Today I am Grateful for:

_____

_____

_____

_____

_____

_____

_____

_____

Day: .... Date...... /....... /..........

Today I am Grateful for:

_____

_____

_____

_____

_____

_____

_____

_____

_____

Day: .... Date...... /....... /.............

Today I am Grateful for:

_____

_____

_____

_____

_____

_____

_____

_____

_____

ay: .... Date...... /....... /..........

oday I am Grateful for:

_____

_____

_____

_____

_____

_____

_____

_____

_____

ay: .... Date...... /....... /.............

oday I am Grateful for:

_____

_____

_____

_____

_____

_____

_____

_____

_____

Day: .... Date...... /....... /..........

Today I am Grateful for:

_____

_____

_____

_____

_____

_____

_____

_____

_____

Day: .... Date...... /....... /.............

Today I am Grateful for:

_____

_____

_____

_____

_____

_____

_____

_____

_____

Day: .... Date...... /....... /..........

Today I am Grateful for:

_____

_____

_____

_____

_____

_____

_____

_____

Day: .... Date...... /....... /.............

Today I am Grateful for:

_____

_____

_____

_____

_____

_____

_____

_____

Day: ……………………………………… Date…… /……. /……….

Today I am Grateful for:

_____

_____

_____

_____

_____

_____

_____

_____

Day: ……………………………………… Date…… /……. /………….

Today I am Grateful for:

_____

_____

_____

_____

_____

_____

_____

_____

ay: .... Date...... /....... /..........

oday I am Grateful for:

_____

_____

_____

_____

_____

_____

_____

_____

_____

ay: .... Date...... /....... /............

oday I am Grateful for:

_____

_____

_____

_____

_____

_____

_____

_____

_____

Day: .... Date...... /....... /..........

Today I am Grateful for:

_____

_____

_____

_____

_____

_____

_____

_____

Day: .... Date...... /....... /.............

Today I am Grateful for:

_____

_____

_____

_____

_____

_____

_____

_____

ay: .... Date...... /....... /..........

Today I am Grateful for:

_____

_____

_____

_____

_____

_____

_____

_____

ay: .... Date...... /....... /.............

Today I am Grateful for:

_____

_____

_____

_____

_____

_____

_____

_____

Day: .... Date...... /....... /..........

Today I am Grateful for:

_____

_____

_____

_____

_____

_____

_____

Day: .... Date...... /....... /............

Today I am Grateful for:

_____

_____

_____

_____

_____

_____

_____

Day: .... Date...... /....... /..........

Today I am Grateful for:

_____

_____

_____

_____

_____

_____

_____

_____

Day: .... Date...... /....... /.............

Today I am Grateful for:

_____

_____

_____

_____

_____

_____

_____

_____

Day: .... Date...... /....... /..........

Today I am Grateful for:

_____

_____

_____

_____

_____

_____

_____

_____

_____

Day: .... Date...... /....... /.............

Today I am Grateful for:

_____

_____

_____

_____

_____

_____

_____

_____

_____

ay: .... Date...... /....... /..........

oday I am Grateful for:

_____

_____

_____

_____

_____

_____

_____

_____

ay: .... Date...... /....... /............

oday I am Grateful for:

_____

_____

_____

_____

_____

_____

_____

_____

Day: .... Date...... /....... /..........

Today I am Grateful for:

_____

_____

_____

_____

_____

_____

_____

_____

Day: .... Date...... /....... /.............

Today I am Grateful for:

_____

_____

_____

_____

_____

_____

_____

_____

ay: .... Date...... /....... /..........

oday I am Grateful for:

_____

_____

_____

_____

_____

_____

_____

_____

_____

ay: .... Date...... /....... /.............

oday I am Grateful for:

_____

_____

_____

_____

_____

_____

_____

_____

Day: .... Date...... /....... /..........

Today I am Grateful for:

_____

_____

_____

_____

_____

_____

_____

_____

Day: .... Date...... /....... /.............

Today I am Grateful for:

_____

_____

_____

_____

_____

_____

_____

_____

ay: .... Date...... /....... /..........

oday I am Grateful for:

_____

_____

_____

_____

_____

_____

_____

_____

_____

ay: .... Date...... /....... /............

oday I am Grateful for:

_____

_____

_____

_____

_____

_____

_____

_____

_____

Day: .... Date...... /....... /..........

Today I am Grateful for:

_____

_____

_____

_____

_____

_____

_____

_____

Day: .... Date...... /....... /.............

Today I am Grateful for:

_____

_____

_____

_____

_____

_____

_____

_____

ay: .... Date...... /....... /..........

oday I am Grateful for:

_____

_____

_____

_____

_____

_____

_____

_____

ay: .... Date...... /....... /.............

oday I am Grateful for:

_____

_____

_____

_____

_____

_____

_____

_____

Day: .... Date...... /....... /..........

Today I am Grateful for:

_____

_____

_____

_____

_____

_____

_____

_____

Day: .... Date...... /....... /.............

Today I am Grateful for:

_____

_____

_____

_____

_____

_____

_____

_____

_____

ay: .... Date...... /....... /..........

oday I am Grateful for:

_____

_____

_____

_____

_____

_____

_____

_____

_____

ay: .... Date...... /....... /.............

oday I am Grateful for:

_____

_____

_____

_____

_____

_____

_____

_____

_____

Day: .... Date...... /....... /..........

Today I am Grateful for:

_____

_____

_____

_____

_____

_____

_____

_____

Day: .... Date...... /....... /..............

Today I am Grateful for:

_____

_____

_____

_____

_____

_____

_____

_____

ay: .... Date...... /....... /.........

Today I am Grateful for:

_____

_____

_____

_____

_____

_____

_____

ay: .... Date...... /....... /.............

Today I am Grateful for:

_____

_____

_____

_____

_____

_____

_____

Day: .... Date...... /....... /..........

Today I am Grateful for:

_____

_____

_____

_____

_____

_____

_____

_____

Day: .... Date...... /....... /..............

Today I am Grateful for:

_____

_____

_____

_____

_____

_____

_____

_____

ay: .... Date...... / .... / ....

oday I am Grateful for:

_____

_____

_____

_____

_____

_____

_____

_____

ay: .... Date...... / .... / ....

oday I am Grateful for:

_____

_____

_____

_____

_____

_____

_____

_____

Day: .... Date...... /....... /..........

Today I am Grateful for:

_____

_____

_____

_____

_____

_____

_____

_____

Day: .... Date...... /....... /.............

Today I am Grateful for:

_____

_____

_____

_____

_____

_____

_____

_____

Day: .... Date...... /....... /..........

Today I am Grateful for:

_____

_____

_____

_____

_____

_____

_____

_____

Day: .... Date...... /....... /.............

Today I am Grateful for:

_____

_____

_____

_____

_____

_____

_____

_____

_____

Day: .... Date...... /....... /..........

Today I am Grateful for:

_____

_____

_____

_____

_____

_____

_____

_____

Day: .... Date...... /....... /.............

Today I am Grateful for:

_____

_____

_____

_____

_____

_____

_____

_____

ay: .... Date...... /....... /..........

Today I am Grateful for:

_____

_____

_____

_____

_____

_____

_____

ay: .... Date...... /....... /..............

Today I am Grateful for:

_____

_____

_____

_____

_____

_____

_____

Day: .... Date...... /....... /..........

Today I am Grateful for:

_____

_____

_____

_____

_____

_____

_____

_____

Day: .... Date...... /....... /.............

Today I am Grateful for:

_____

_____

_____

_____

_____

_____

_____

_____

ay: .... Date...... /....... /..........

oday I am Grateful for:

_____

_____

_____

_____

_____

_____

_____

_____

ay: .... Date...... /....... /.............

oday I am Grateful for:

_____

_____

_____

_____

_____

_____

_____

_____

Day: .... Date...... /....... /..........

Today I am Grateful for:

_____

_____

_____

_____

_____

_____

_____

_____

Day: .... Date...... /....... /.............

Today I am Grateful for:

_____

_____

_____

_____

_____

_____

_____

_____

Gratitude

Gratitude is a feeling of appreciation for what one has.

It is a feeling of thankfulness for the blessings we have received.

There is an exercise at the beginning of this journal to complete before starting your daily record of gratitude.

By keeping a record of your gratitude in a journal, you will store positive energy, gain clarity in your life, and have greater control of your thoughts and emotions.

Each day, write down three to five things that you are grateful for in this journal and turn ordinary moments into blessings.

Made in the USA
Columbia, SC
12 December 2022

73104967R00061